Britta und Christel Kummer

Oh Du schöne Advents- und Weihnachtszeit

Satz: Britta Kummer
Covergestaltung: Britta Kummer
Webseite: http://brittasbuecher.jimdofree.com
E-Mail: info.britta-kummer@t-online.de
Fotos privat
Bilder KI generiert

ISBN: 978-3-7597-3639-0

Verlag: BoD • Books on Demand GmbH,
In de Tarpen 42, 22848 Norderstedt
Druck: Libri Plureos GmbH, Friedensallee 273,
22763 Hamburg
www.bod.de

FSC
www.fsc.org

MIX
Papier aus verantwortungsvollen Quellen
Paper from responsible sources
FSC® C105338

Britta und Christel Kummer

Oh Du schöne Advents- und Weihnachtszeit

Gewidmet Reinhold Kummer ❤️
(Du bist einfach zu früh gegangen.)

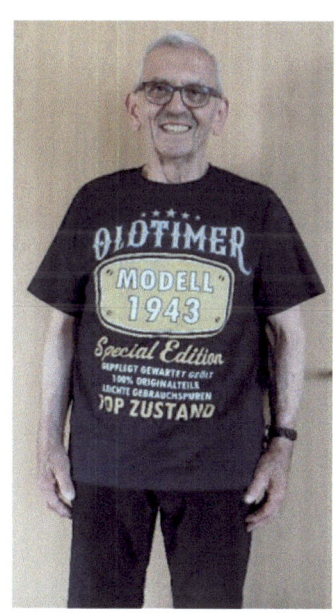

Inhaltsverzeichnis

Vorwort

Vorfreude auf Weihnachten

Die schönste Zeit im Jahr ist die Adventszeit.

Draußen und drinnen ist alles beleuchtet und geschmückt.

Durch die Räume strömt ein verführerischer Duft von selbst gebackenen Plätzchen, gebrannten Mandeln und kandiertem Obst.

Es wird die erste Kerze am Adventskranz angezündet und am 1. Dezember wird dann Türchen Nr. 1 am Adventskalender geöffnet.

Am 6. Dezember schaut der Nikolaus vorbei. Am Abend vorher stellen wir alle unsere geputzten Schuhe vor die Tür und hoffen, dass sie am nächsten Tag mit herrlichen Leckereien gefüllt sind.

All das soll uns die Zeit bis Weihnachten verkürzen.

Wenn dann die vierte Kerze des Adventskranzes angezündet und am 24. Dezember das letzte Türchen des Adventskalenders geöffnet ist, ist endlich Weihnachten - das Fest der Liebe, Freundschaft und Familie.

Die traurige Adventskerze

Wieder einmal war Advent. Und wie jedes Jahr stand der Adventskranz mit seinen vier Kerzen bei Familie Ruprecht auf dem Wohnzimmertisch.

Dann kam der vierte Advent. Abends war ein leises Schluchzen zu hören. „Was ist denn mit dir los?", fragen die bereits angezündeten Kerzen die vierte im Bunde.

„Ach wisst ihr, ihr durftet schon leuchten. Ich werde morgen zum vierten Advent angesteckt und schon kommt Weihnachten. Und dann wird der Adventskranz kaum mehr angezündet. Ihr konntet viel länger leuchten und das stimmt mich traurig."

Die anderen Kerzen waren verblüfft. Hatten sie doch nie darüber nachgedacht, wie es der vierten Kerze ging. Sie sprachen ihr gut zu und meinten: „Mach dir keine Sorgen. Nach Weihnachten wirst du bestimmt auch noch oft angezündet." Aber so überzeugt von den Worten war die Kerze nicht.

Und tatsächlich, auch nach Weihnachten wurde der Adventskranz immer wieder angezündet. Die vierte Kerze freute sich darüber so sehr, dass sie noch heller leuchtete als zuvor. Sie merkte, dass sie auch nach Weihnachten eine wichtige Rolle spielte und genoss es, zusammen mit den anderen Kerzen zu leuchten und die dunklen Winterabende mit ihrem warmen Licht zu erhellen.

Ein Hauch Weihnachtsmagie

Die Adventszeit rückte immer näher. Aber die richtige Stimmung kam bei Herrn Meier nicht auf. Er war Leiter eines Kinderheimes. Und genau zu dieser Zeit war er immer traurig. Wusste er doch nicht, wie er den Kindern Glücksmomente bringen konnte. Doch gerade jetzt war es so wichtig, dass sie tolle Stunden hatten.

Dann kam ihm etwas in den Sinn. Er rief seinen Freund Theo an. Dieser hatte einen kleinen Bauernhof und eine zündende Idee.

Sie wollten dort einen Weihnachtsmarkt veranstalten, mit Tieren zum Streicheln, Selbstgebasteltem und einem Lagerfeuer. Herr Meier und Theo waren sich einig, dass dies den Kindern eine unvergessliche Zeit und schöne Stunden bescheren würde.

Die Vorbereitungen liefen auf Hochtouren. Die Kinder bastelten fleißig Weihnachtsdekorationen. Sie gingen davon aus, dass damit ein Tag vor Heiligabend ihr Haus geschmückt wurde.

Gut, dass sie nicht wussten, wofür der ganze Aufwand war. Umso größer war die Überraschung, als sie am nächsten Wochenende alle in den Bus stiegen. Keiner ahnte, wohin es ging und Herr Meier blieb standhaft und verriet nichts.

Als die Kinder dann auf dem Bauernhof ankamen, wurden sie von einem zauberhaften Anblick überrascht. Die Tiere begrüßten sie freudig. Die Stände waren mit bunten Lichtern geschmückt. Es roch überall verführerisch nach Früchten, Gewürzen, Zimt, Lebkuchen und Anis.

Die beiden Freunde genossen es sehr, die Kinder so glücklich und ausgelassen zu sehen. Sie wussten, dass sie die richtige Entscheidung getroffen hatten. Sie hatten es geschafft, den Kindern ein Stückchen Weihnachtsmagie zu schenken. Ein paar unbeschwerte Stunden voller Glück, die sie so schnell nicht vergessen würden. Und dafür waren sie sehr dankbar.

Am Abend saßen sie zusammen am Lagerfeuer, sangen Weihnachtslieder und die Männer erzählten Geschichten. Die Kinder hörten gebannt zu und genossen die Wärme des Feuers und die Nähe der anderen.

Als es Zeit war, sich zu verabschieden, strahlten die Kinder immer noch. Sie bedankten sich andauernd bei Herrn Meier und Theo für diesen wunderbaren Tag. Und die waren berührt von der Dankbarkeit der Kinder und wussten, dass dieser Tag eine ganz besondere Bedeutung für sie alle hatte. Es war ein Weihnachtswunder, das sie nie vergessen würden.

Lisas Adventskalender

Es war einmal ein kleines Mädchen namens Lisa. Sie konnte es kaum abwarten, dass der 1. Dezember kam. Denn an diesem Tag durfte sie endlich ihren Adventskalender öffnen. Dieses Jahr war es aber nicht der übliche Schokokalender, sondern einer, den ihre Oma selbst gebastelt hat.

Er war aus altem, verziertem Papier gefertigt, auf dem ein goldener Stern zu sehen war. Irgendetwas Besonderes strahlte dieser Kalender aus, und Lisa konnte es kaum erwarten, das erste Türchen zu öffnen.

Dann war es endlich so weit. Das Mädchen öffnete Tür 1 und ein funkelnder Stern sprang heraus. Lisa machte große Augen. Damit hatte sie nun überhaupt nicht gerechnet.

„Wer bist du?", fragte sie erstaunt.

„Ich bin Sternchen, der gute Geist des Adventskalenders. Und ich soll dir dieses besondere Geschenk deiner Oma überreichen. Du weißt ja, sie ist ein ganz toller liebenswerter Mensch mit besonderen Fähigkeiten und besonderem Wissen. Dinge, die nicht jeder kennt und die teils sogar magisch sind."

„Oh ja, Oma ist klasse. Und was sie alles weiß und erzählen kann. Manchmal glaube ich, sie kommt aus einer anderer Welt", schwärmte Lisa.

„Du wirst jetzt jeden Tag eine neue Überraschung finden. Aber sei vorsichtig, deine Entscheidungen werden den

Verlauf der Geschichte beeinflussen und verändern. Es liegt alles in deiner Hand. Handle verantwortungsvoll und denke immer daran, was dir wichtig ist. Nur das zählt", erklärte Sternchen.

Lisa war aufgeregt und voller Neugierde. Und so öffnete sie Tag für Tag ein Türchen und war stets gespannt, was der nächste Tag brachte. Sie erlebte tolle Abenteuer, half einem verirrten Schneemann, fand einen verzauberten Schlitten im Wald, traf den Nikolaus wie auch Kobolde und lernte sogar einen sprechenden Weihnachtsbaum kennen. Es war alles so fantastisch, was sie erleben durfte - und jedes Mal wurde der Kalender lebendiger und die Vorfreude auf Weihnachten bei ihr immer größer.

Dann kam der 24. Dezember. Das letzte Türchen war größer als die anderen. Lisa öffnete es und fand darin einen goldenen Schlüssel. Sternchen lächelte. „Dieser Schlüssel öffnet dir das Tor zum Weihnachtszauberland. Eine Ehre, die nicht jedem zuteil wird. Aber du musst eine Entscheidung treffen, die dir keiner abnehmen kann. Willst du das Land betreten und die Magie erleben oder hier bleiben?"

Lisa runzelte die Stirn und überlegte. Sie hatte so viel über das Weihnachtszauberland gehört. Das erleben zu dürfen wäre bestimmt toll, aber sie liebte auch ihre Familie und wollte Heiligabend nicht ohne sie sein.

Sternchen musste nicht lange auf die Antwort warten. „Danke mein kleiner funkelnder Freund für all das, was ich erleben durfte. Es war einfach großartig. Aber meine Familie ist viel wichtiger. Ich könnte mir nicht vorstellen, ohne sie zu sein. Ich hoffe, du verstehst das."

Als Sternchen das hörte, funkelte er noch mehr als sonst und war auf einmal verschwunden. Lisa wusste, sie hatte die richtige Entscheidung getroffen. Immerhin ist eine liebevolle Familie der größte Schatz, den man besitzen kann und den wollte sie für nichts auf der Welt missen.

Liebe und Hoffnung schenken

Die schöne Adventszeit begann und die Geschwister Nicole und Ben freuten sich sehr darauf. Plätzchen backen mit Oma war immer das absolute Highlight in dieser Zeit. Doch dann kam alles anders.

„Kinder, nächstes Wochenende könnt ihr nicht zu Oma."

„Wieso das nicht?", will Nicole wissen. „Wir wollten doch backen."

„Oma ist ins Krankenhaus eingeliefert worden", berichtet ihre Mutter besorgt. „Und wir wissen noch nicht, wann sie wieder heraus darf."

Am nächsten Tag machten sie sich auf den Weg ins Krankenhaus. Dort angekommen, wurden sie von ihrer Oma lächelnd empfangen. Trotz ihrer Krankheit war sie optimistisch und ermutigte ihre Enkel, die Adventszeit zu genießen, auch wenn es anders verlaufen würde als geplant. „Ach Kinder, das wird schon wieder", ermutigte die Rentnerin ihre Enkel. „Kopf hoch. Unkraut vergeht nicht so schnell."

Nicole und Ben beschlossen, da die Oma zu Hause nicht die Adventszeit genießen konnte, sie ihr ins Krankenhaus zu bringen. Sie dekorierten ihr Zimmer mit Lichtern und Tannenzweigen. Sie backten sogar Plätzchen und brachten sie ihr mit.

Obwohl die Situation nicht ideal war machten sie das Beste daraus. Ihre Oma war überglücklich über die liebevolle Geste ihrer Enkelkinder und trotz allem zufrieden.

Diese Situation brachte sie noch näher zusammen. Sie zeigte allen, dass es nicht immer perfekte Umstände braucht, um die wahre Bedeutung der Adventszeit zu erfahren. War es doch Liebe und Fürsorge, die zählten.

In den folgenden Tagen besuchten Nicole und Ben ihre Oma regelmäßig im Krankenhaus. Sie lasen ihr Geschichten vor, sangen gemeinsam Weihnachtslieder und verbrachten viel Zeit miteinander. Trotz der misslichen Lage strahlte Omas Gesicht vor Glück und Dankbarkeit.

Und dann kam Heiligabend. Da Oma immer noch im Krankenhaus war, machte sich die ganze Familie dahin auf. Hatten sie doch eine Überraschung für sie. Konnte sie Heiligabend nicht da sein, kamen halt alle zu ihr. Es ist doch egal, wo man die Zeit miteinander verbringt. Wichtig ist nur, dass man zusammen ist. Trotz allem fühlte sich die Familie vereint und voller Liebe.

Als Oma dann am Weihnachtstag nach Hause entlassen wurde, strahlte sie vor Glück. Sie bedankte sich bei ihrer Familie und besonders bei ihren Enkeln für ihre liebevolle Unterstützung und erklärte, dass dies das schönste Weihnachtsfest ihres Lebens war. Trotz der schwierigen Situation.

Nicole und Ben waren stolz darauf, ihrer Oma in dieser schweren Zeit zur Seite gestanden zu haben. So wie sie immer

für die Kinder da war, waren es diesmal sie, die ihrer Oma
eine Freude bereiten konnten. Sie wussten nun, dass die
wahre Weihnachtsfreude darin liegt, füreinander da zu sein
und sich gegenseitig Liebe und Hoffnung zu schenken.

Keksmonster

Advent, Advent ein Lichtlein brennt. Es duftet überall nach Früchten, Gewürzen, Zimt und Anis. Keine Frage, Süßes gehört zur Advents- und Weihnachtszeit einfach dazu.

So sah Reinhold das auch. Er hatte eine Schwäche für Plätzchen. Sie schmeckten ihm zwar über das ganze Jahr, aber zur Advents- und Weihnachtszeit besonders.

So kam es regelmäßig vor, dass die Backwaren, die seine Frau und Tochter zubereitet hatten, bereits vorher aufgefuttert waren. Peinlich war ihm das nicht. Schmeckten sie doch so gut - und immerhin waren sie zum Essen da.

Natürlich wollte er nicht, dass seine Frauen sauer auf ihn waren. Auch wenn sie ihn immer liebevoll Keksmonster nannten, wollte auch er ihnen eine Überraschung bereiten. Das hatten sie einfach verdient. So beschloss er, selbst Hand anzulegen. Er wollte die besten Plätzchen backen, die sie je gekostet hatten. Mit einem alten Familienrezept, das er von seiner Mutter geerbt hatte, und was bisher in der Schublade in der Versenkung war, machte er sich ans Werk.

Er mischte Mehl, Zucker, Butter und eine geheime Zutat, die das Rezept so besonders machte. Während die Plätzchen im Ofen backten, füllte der Duft nach Vanille und Kardamom das ganze Haus. Als die Plätzchen fertig waren, sahen sie goldbraun und einfach perfekt aus.

Reinhold legte sie vorsichtig auf eine große Platte und verzierte sie mit Zuckerguss und bunten Streuseln. Er konnte es kaum erwarten, das Gesicht seiner Frau und Tochter zu sehen, wenn sie die Plätzchen probierten. Natürlich wurden sie vorher von ihm versucht. Schließlich bietet man nichts an, was man vorher nicht gekostet hat.

Als seine Frauen nach Hause kamen und das köstliche Gebäck sahen, waren sie begeistert. Sie lobten ihn für seine Backkünste und sagten, dass dies die besten Plätzchen seien, die sie je gegessen hatten. Von diesem Tag an wurde Reinhold zum offiziellen Plätzchenbäcker der Familie ernannt, und die Adventszeit wurde noch süßer und fröhlicher.

Backe, backe Plätzchen

Es war schon Tradition. Jedes Jahr backte Iris mit Tante Erna zur Adventszeit Plätzchen. Das war immer ein riesengroßer Spaß. Durch das ganze Haus strömte dann ein herrlicher Geruch von Früchten, Gewürzen und Zucker, den man sogar noch Tage später wahrnehmen konnte.

Für das Mädchen war es besonders schön. Und das lag nicht nur daran, dass sie während der Herstellung nach Herzenslust naschen durfte. Ihre Tante erzählte dann immer Weihnachtsgeschichten, was Iris sehr genoss. Gab es dem Ganzen doch etwas Einmaliges.

Allerdings war es in diesem Jahr anders. Natürlich hatten die zwei auch vor der Adventszeit gebacken, aber sonst war es so, dass sie noch einmal kurz vor Weihnachten zusammen backten, doch das fiel dieses Jahr leider aus. Die Tante hatte sich entschlossen, dieses Weihnachten eine Kreuzfahrt zu machen. Sie wollte einfach wieder Kraft tanken, hatte sie doch ein schweres Jahr hinter sich. Wie schlimm dies für Iris war, kam ihr gar nicht in den Sinn. Für das Mädchen stand jedoch jetzt schon fest, dass dieses Weihnachtsfest bestimmt nicht schön wird.

Deshalb wurden diesmal besonders viele Plätzchen gebacken, weil Erna annahm, sie würden bis Weihnachten auf jeden Fall reichen.

Aber da machten sie die Rechnung ohne den Vater. Auch er liebte dieses Gebäck sehr, dass er nicht widerstehen konnte, und so hatte er bereits alle vor Weihnachten verspeist.

„Die waren einfach zu lecker. Ist doch nicht so schlimm. Back doch einfach Neue", war sein Kommentar dazu, als Iris ihn darauf erbost ansprach.

„Kannst du mir bitte erklären, wie ich das ohne Tanta Erna machen soll? Ohne ihre Hilfe kann ich das noch nicht, das weißt du genau.", sagte Iris erbost.

„Halb so wild, dann kaufen wir eben welche." Als das Mädchen das hörte platzte ihm der Kragen und es schimpfte und schimpfte. Es steigerte sich richtig hinein und warf seinem Vater vor, das er extra alles aufgefuttert habe, um absichtlich Weihnachten zu verderben.

Weinend lief Iris in ihr Zimmer und knallte die Tür zu. Zwar wusste sie genau, dass ihr Vater ihr nie das Weihnachtsfest verderben wollte, aber irgendwie brach in diesem Moment alles über sie herein, und das Schlimmste war, dass sie genau wusste, dass ihre Tante zu Weihnachten nicht da sein würde.

Als Iris Heiligabend nach einem Spaziergang mit ihrer Mutter das Haus betrat, roch es überall nach frischgebackenen Plätzchen.

„Riecht es hier nicht nach Plätzchen?", fragte sie ihre Mutter. Und ohne eine Antwort abzuwarten stürmte sie in die Küche. „Tante Erna", rief sie verwundert. „Was machst Du hier?"

„Na, das sieht man doch, mein Kind. Plätzchen backen. Ein Engel hat mir geflüstert, dass ihr dieses Weihnachtsfest ohne selbst gebackene Plätzchen seid, und das wollte ich doch nicht zulassen."

„Und deine Kreuzfahrt?"

„Ach Liebes, es gibt bedeutend wichtigeres, und zu Hause ist es zu Weihnachten doch am schönsten. Ihr habt mir so gefehlt, deshalb habe ich die Fahrt abgebrochen. Eine Kreuzfahrt kann ich nochmal machen. Aber jetzt müssen wir uns beeilen, wenn wir noch alles bis zum Weihnachtsfest fertigkriegen wollen. Du hilfst mir doch, oder?"

„Aber sicher", erwiderte sie euphorisch und strahlte über das ganze Gesicht.

Und schon machten sie sich gemeinsam ans Werk. Und wie immer tauchte Iris ihren Finger in den Teig und naschte davon. Ihre Tante sah sie nur grinsend an, und das Mädchen strahlte über das ganze Gesicht. Nun wurde es doch noch ein wunderschönes, gemeinsames Weihnachtsfest, das die ganze Familie in vollen Zügen genoss.

Der Geschichtenerzähler

In einer kleinen Stadt, in der die Straßen im Winter stets von einer sanften Schneedecke bedeckt sind, bereiteten sich die Menschen auf die Adventszeit vor. Die Geschwister Max und Lea konnten es kaum erwarten, den alljährlichen Weihnachtsmarkt zu besuchen, der im Zentrum der Stadt aufgebaut wurde.

Max war dann immer besonders aufgeregt. Er liebte selbstgeschnitzte Figuren und freute sich darauf, wieder den Stand mit diesen Kunstwerken zu sehen. Er hatte selbst schon versucht, kleine Weihnachtsfiguren zu fertigen. Allerdings war das Ergebnis nicht so, wie er es sich vorgestellt hatte. Und Lea freute sich darauf, den Chor zu hören. Sie stimmte dann immer in die Weihnachtslieder ein und trällerte munter mit.

Als dann der Tag des Weihnachtsmarktes endlich kam, zogen die Kinder ihre wärmsten Jacken an und machten sich auf den Weg. Der Duft von gebrannten Mandeln und heißem Kakao stieg ihnen in die Nase. Von überall waren Lachen und fröhliche Gespräche zu hören. Man hatte das Gefühl, alle Bürger der Stadt waren auf den Beinen und freuten sich auf diesen Tag.

Max und Lea schlenderten von Stand zu Stand und bestaunten alles, was es zu sehen gab. Und natürlich probierten sie die verschiedenen Leckereien. Plötzlich hörten sie eine sanfte, tiefe Stimme. Sie folgten ihr, und diese führte sie zu einem älteren Mann mit einem weißen Bart. Sein gütiger Gesichtsausdruck machte ihn sofort sympathisch. Er saß auf einem kleinen Hocker, und neben ihm knisterte ein Feuer.

„Kommt näher Kinder", sagte er mit einem gütigen Lächeln. „Soll ich euch eine Geschichte erzählen, die so alt ist wie die Sterne?"

„Oh ja", gibt der Junge begeistert von sich.

Der Mann holte zwei Hocker und bat die Kinder, darauf Platz zu nehmen. Er begann von einer magischen Nacht zu erzählen, in der der Weihnachtsmann durch die Stadt flog und jedem Kind ein Geschenk brachte. Die Geschwister lauschten gebannt seinen Worten.

Er sprach von Wundern und der Freude des Gebens. Von der Zeit der Liebe, der Harmonie und des Friedens, die Hoffnung und Freude in die Herzen aller Menschen bringt und dass die vielen hellen Sterne am Himmel das Lächeln glücklicher Kinder waren.

Max und Lea wurde es ganz warm ums Herz. Sie fassten sich an den Händen und schauten sich an. War es doch die Art und Weise des Erzählers, die sie berührte. Sofort kam ihnen ihre Familie in den Sinn, und es wurde ihnen bewusst, wie glücklich sie sein konnten. Sie hatten liebe Menschen an ihrer Seite, die immer für sie da waren. Ihnen wurde klar, dass die wahre Weihnachtsfreude darin liegt, füreinander da zu sein und sich gegenseitig Liebe und Hoffnung zu schenken.

Und jedes Jahr aufs Neue, wenn die Adventszeit begann, erinnerten sich die Geschwister an die Geschichte des Geschichtenerzählers und die Magie, die sie versprühte.

Nikolaus hat Schnupfen

Der Nikolaustag stand kurz vor der Tür. Doch da gab es ein Problem. Nikolaus war erkältet, und immer wieder war ein lautes „HATSCHI" zu hören. Nun war guter Rat teuer. Wer sollte seine Arbeit machen, wenn er nicht wieder gesund wurde. Auch Knecht Ruprecht wusste keine Lösung. Blieb nun alles an ihm hängen? Wie sollte er das nur schaffen?

In seiner Verzweiflung bat Knecht Ruprecht die Elfen vom Weihnachtsmann um Hilfe. In so einer Situation ging es eben nicht anders. Sie waren bereit, die Arbeit zu übernehmen. Auch wenn sie selbst schon sehr viel mit den Vorbereitungen für das Weihnachtsfest zu tun hatten, wollten sie ihn nicht hängen lassen. Immerhin war es eine Notsituation.

Nikolaus war gerührt von der Anteilnahme der Elfen, jedoch beschloss er, trotz seiner Erkältung zu arbeiten und die Geschenke selbst zu verteilen. Er rüstete sich mit einem dicken Wollunterhemd, Rollkragenpullover, warmer Jacke, Schal und Mütze aus und machte sich auf den Weg. Er hatte so viel unter seinem Mantel angezogen, dass er sich kaum bewegen konnte. Und dann war da ja auch noch der schwere Sack, den er trug. Trotzdem wollte er seine Arbeit meistern. Er wusste ja, für wen er es tat. Und das setzte noch zusätzliche Energie frei. Und er schaffte es, trotz seiner Erkältung, alle Kinder glücklich zu machen. Diese vielen strahlenden Gesichter zu sehen, machte ihn froh und zufrieden. Als er am Abend endlich in seinem gemütlichen

Sessel saß, spürte Nikolaus die Ermüdung in seinen Knochen. Er war völlig erschöpft, aber auch glücklich, dass er trotz seiner Krankheit seine Pflicht erfüllen konnte. Da hatten die Elfen extra für ihn eine Suppe gekocht, die ihn wieder zu Kräften kommen ließ! Und auch eine dicke Decke hatten sie parat. Nikolaus lächelte dankbar.

Die Gedanken an die Kinder machten ihn fröhlich. Waren sie doch alle so begeistert, dass er trotz seines schlechten Gesundheitszustandes zu ihnen kam. Ein kleines Mädchen brachte ihm sogar eine Tasse heißen Tee. Nikolaus war sehr gerührt von dieser Geste und bedankte sich herzlich bei der Kleinen. Kinder sind wirklich etwas Besonderes. Mit einem zufriedenen Seufzer schloss er die Augen und schlief ein.

Ein außergewöhnliches Backbuch

Als der Weihnachtsmann auf einer Reise zufällig einen wunderbaren verführerischen Duft von frisch gebackenen Plätzchen wahrnahm, konnte er nicht anders und hielt prompt an dem Haus an, aus dem der auffallende Duft kam.

Die zwei Damen, die gerade am Backen waren, staunten nicht schlecht, als der Weihnachtsmann auf einmal auf der Matte stand. Sie begrüßten ihn herzlich und zeigten ihm stolz die Plätzchen, die sie gebacken hatten. Der Weihnachtsmann war beeindruckt von ihren Backkünsten und konnte nicht widerstehen, selbst ein Plätzchen zu probieren. Und es blieb nicht bei dem einen.

Mit einem zufriedenen Lächeln auf den Lippen lobte er die Köstlichkeiten und sagte, dass sie fast so gut seien wie die, die seine Elfen in seiner Werkstatt backten. Das war ein großes Kompliment. Wusste doch jeder, dass das Gebäck der Elfen das Beste war. Er fuhr mit seinen Händen durch seinen weißen Bart. Dann teilte er ihnen mit einem freundlichen Gesichtsausdruck mit, dass er die Familien der Frauen zu Weihnachten besonders bedenken würde.

Bevor er ging, hinterließ der Weihnachtsmann ein kleines Geschenk. Es war ein Buch mit Backrezepten. Es war aber kein normales, so wie man es sonst kennt. Es war einzigartig. Es beinhaltete Rezepte aus aller Welt. Der Weihnachtsmann versprach, im nächsten Jahr wiederzukommen, um zu kosten, welche neuen Leckerbissen gezaubert wurden. Und schon verschwand er mit einem fröhlichen „HO HO HO".

Die Frauen beäugten das Buch - erst etwas skeptisch, aber dann siegte die Neugierde und sie schauten hinein. Es war ein alter, ledergebundener Wälzer mit goldenen Verzierungen und einem Verschluss, der im Licht funkelte. Als sie es öffneten sahen sie, dass es nicht aus Papier, sondern aus einer Art magischem Pergament bestand, das zu funkeln schien.

Auf jeder Seite waren Rezepte zu finden, von traditionellen Lebkuchenmännern bis hin zu exotischen Delikatessen, die sie noch nie zuvor gekostet hatten. Das Besondere an diesem Buch war, dass es nicht nur Rezepte enthielt, sondern auch die Geschichten und Traditionen, die hinter jedem Gebäck standen. Es war, als würde das Buch mit ihnen sprechen und ihnen die Geheimnisse der weltbesten Bäckermeister verraten.

Aber das war noch nicht alles. Es hatte eine magische Eigenschaft. Wenn ein Rezept ausgewählt und die Seite berührt wurde, erschienen die Zutaten wie von Geisterhand in der Küche. So konnten die Damen ohne Mühe die köstlichsten und außergewöhnlichsten Plätzchen backen.

Sie studierten die Rezepte genau und waren begeistert. Dieses Backbuch wurde zu ihrem wertvollsten Schatz, und die Freude, die es in der Advents- und Weihnachtszeit brachte, war unermesslich.

Omas Stern

In einem kleinen Dorf, tief versteckt im Herzen eines Waldes, bereitet man sich auf die Advents- und Weihnachtszeit vor. Es herrschte reges Treiben. Aus den Gebäuden strömte ein verführerischer Duft von selbstgebackenen Plätzchen, gebrannten Mandeln und kandiertem Obst. Man half sich gegenseitig, damit alle, ob jung oder alt, diese Zeit genießen konnten. Hier war man schon immer für einander da.

Für die Kinder war es stets etwas ganz Besonderes. Wussten sie doch, dass der Dorfälteste ihnen dann Geschichten erzählte. So auch an diesem Tag. Sie versammelten sich am Lagerfeuer, und der gutherzige alte Herr begann mit seiner Erzählung.

„Liebe Kinder, heute erzähle ich euch eine Geschichte von einem Stern. Von einem ganz besonderen Stern. Er strahlte heller als alle übrigen. Die anderen Sterne waren neidisch auf ihn, was ihn aber nicht störte. Wusste er doch, dass die Menschen, die ihn sahen, seinen Anblick liebten und überaus glücklich waren, wenn sie ihn erblickten. Und besonders die Kinder freuten sich. Dennoch fühlte er sich oft einsam.

So machte er sich auf den Weg. Er wusste nicht, was er suchte und auch nicht, wohin ihn seine Reise führen würde. Jedoch war er sich sicher, irgendwann das zu finden, was sein Herz mit großer Freude erfüllt. Dann stieß er auf zwei Kinder, die einen Schneemann bauten. Sie hatten so viel Spaß dabei. Dieser Anblick war einfach nur toll. Als die Kinder den Stern sahen, hielten sie inne.

„Schau nur!", rief das Mädchen. „Wie hell dieser Stern ist."

„Oh ja", antwortete der Junge. „So einen schönen Stern habe ich noch nie gesehen. Den hat uns bestimmt Oma geschickt."

Bei diesen Worten wurde das Mädchen traurig. War es doch noch nicht so lange her, dass ihre Großmama verstorben war. Und das auch noch so kurz vor Weihnachten. Eine Zeit, die immer besonders für die alte Dame war, weil man der Familie noch näher war als sonst. Schließlich ist Weihnachten das Fest der Liebe und Familie.

„Wie kommst du da drauf?"

„Sie hat doch immer gesagt: Fühlst du dich einmal nicht so gut und du meinst, es geht nicht mehr, kommt irgendwo ein Lichtlein her. Bestimmt ist sie es, die uns sagen will, wie wichtig es ist, dass wir uns und unsere Eltern haben und wir immer für einander da sind. Sie hat uns bestimmt diesen leuchtenden Stern geschickt, damit er auf uns herabblickt und uns beschützt. Ich glaube ganz fest daran", erwiderte der Junge.

Bei diesen Worten kullerten dem Mädchen Tränen aus den Augen. „Ganz bestimmt ist das so", schluchzte sie und drückte ihren Bruder ganz fest an sich.

„Komm, lass uns nach Hause gehen." Sie schaute nach oben und sagte: „Oma, wir werden dich nie vergessen."

Als der Stern das hörte, wurde ihm ganz warm ums Herz. Und er nahm sich fest vor, auch weiterhin so hell zu strahlen, um die Herzen der Menschen zu erfreuen. Ein Punkt am Himmel zu sein, zu dem man aufblickt und der Trost spendet.

Als die Geschichte zu Ende war, schauten die Kinder automatisch zum Himmel und entdecken einen leuchtenden Stern. Sie fassten sich an den Händen und wussten, dass es nicht die Geschenke zu Weihnachten sind, die zählen, sondern die Zeit, die man gemeinsam mit Familie und Freunden verbringt. Diese war einfach unbezahlbar.

Der Weihnachtsbaum

An einem schönen Herbsttag ging Familie Schulte mit ihren Kindern, Lisa fast 4 Jahre und Sohn Tim 7 Jahre, im Wald spazieren.

Plötzlich blieb Lisa stehen und schaute erstaunt auf die zahlreichen Tannen.
„Gehören die alle dem Weihnachtsmann?", fragte sie verwundert.

„So ein Quatsch. Was soll der damit? Unsere Eltern kaufen den Baum und schmücken ihn auch", antwortete ihr Bruder schnippisch.

Lisa schaute die Eltern entsetzt an. „Stimmt das?"

„Ja, mein Kind. Wir helfen dem Weihnachtsmann, damit er den Kindern schneller die Geschenke unter dem Baum legen kann."

„Ach so." Und damit war die Sache für das Mädchen erledigt.

Als sie vor den Bäumen standen, rief eine Stimme: „Hallo. Ich bin Herr Claus. Mir gehört die Schonung. Ihr könnt euch die Bäume ja mal ansehen. Und wenn ihr wollt, kann ich euch einen Baum reservieren."

„Was ist reservieren?", wollte Lisa wissen.

Tim schaute seine Schwester genervt an. „Die schon wieder! Aber Papa, können wir sie uns nicht einmal anschauen?"

„Na gut." Und schon machte sich die Familie auf in den Wald.

Es gab keinen Baum, der ihnen gefiel. Der eine war zu groß, der andere zu dick und der nächste hatte eine krumme Spitze, die bemängelt wurde. Doch plötzlich stand er da, der perfekte Baum.

„Herr Claus, kommen Sie schnell. Das ist unser Baum", rief Tim begeistert. „Das seht ihr doch auch so?"

„Nicht so eilig, mein junger Herr. Wir heften jetzt ein Schild mit eurem Namen dran, und schon ist er für euch reserviert. So, kleines Fräulein, jetzt weißt du auch, was reservieren bedeutet. Wir fällen die Bäume dann erst kurz vor dem Advent. Aber wenn ihr wollt, könnt ihr das auch selbst erledigen."

Zufrieden ging Familie Schulte nach Hause. Die kleine Lisa hüpfte vor lauter Begeisterung von einem Bein aufs andere und trällerte ausgelassen: „Wir haben einen Baum, wir haben einen Baum …" Sie musste es einfach jedem, der ihnen begegnete, erzählen.

Nun war es nicht mehr lange bis zum Advent. Der Vater fragte eines morgens am Frühstückstisch: „So, Sohnemann, was hältst du davon, wenn wir unseren Baum holen?"

„Das ist eine tolle Idee."

„Ich will auch mit", bettelte Lisa.

„Nein", antwortete Tim. „Das ist Männersache. Da bist du noch viel zu klein für."

„Ach, meine Kleine", tröstete die Mutter. „Wir machen uns auch einen schönen Tag. Wir beide fahren jetzt zum Blumenmarkt und schauen, was wir für neuen schönen Schmuck für den Baum finden."

Dort angekommen staunte das Mädchen, was es alles zu sehen gab. Überall standen Tische und Körbe, gefüllt mit den herrlichsten Sachen für Weihnachten. Dann entdeckte sie etwas.

„Mama, schau mal. Diese Kugel sieht aus wie der Frosch aus meinem Buch. Darf ich die haben?"

„Natürlich, mein Kind."

„Und schau mal, diese Kugel ist was für Tim. Da steht sein Lieblingsverein drauf. Was es alles so gibt", sagte das Mädchen verwundert.

Als Mutter und Tochter wieder daheim waren, stellten sie fest, dass der Vater und Tim den Baum schon in den Ständer gestellt hatten. Er stand auf der Terrasse und sah wunderschön aus.

„Können wir ihn jetzt schmücken?", forschte Lisa.

„Nein. Wir lassen ihn bis morgen hier. Dann holen wir ihn in die Wohnung."

„Morgen erst. Das ist doch noch sooo lange", erwiderte das Mädchen. Aber es nutzte nichts, ihr Vater blieb dabei.

Am nächsten Tag nervte Lisa bereits beim Frühstück. „Seid ihr endlich fertig? Wir wollen doch den Baum schmücken", gab sie ungeduldig von sich.

„Also gut. Du gibst ja sonst keine Ruhe."

Das Schmücken erledigte die Familie immer gemeinsam. Der Vater brachte die Lichterketten an. Nun wollte er den Engel, der schon sehr alt und selbst gebastelt war, an der Spitze befestigen. Jedoch reichte seine Frau ihm etwas völlig anderes.

„Was ist denn mit dem Engel?"

„Den Engel hängen wir unter die Spitze. Schau doch wie schön sie ist. Hat Lisa ausgesucht. Da ist ein Weihnachtsmann drauf."

„Na gut. Hauptsache der Engel ist am Baum. Er gehört doch quasi mit zur Familie."

Und auch Lisas Frosch und Tims Kugel fanden einen Platz im Weihnachtsbaum.

„Ist er nicht schön?", strahlte Lisa. „Viel schöner als der olle künstliche Baum, den wir sonst immer hatten."

„Ja, das stimmt", antwortete der Vater und legte seiner Tochter die Hand auf die Schulter. Ich freue mich schon jetzt auf das Weihnachtsfest. Und weißt du was? An den kleinen Tannenbaum im Garten machen wir auch eine Lichterkette. Dann ist es da auch etwas festlich. Und wenn er dann groß genug ist, wird er unser Weihnachtsbaum."

Werte der Weihnachtszeit

Da lag er nun, frisch herausgeputzt und bereits aus seiner Schachtel genommen, in der er die letzte Zeit verbracht hatte. Und nun freute sich der Weihnachtsengel darauf, bald wieder von der Spitze des Weihnachtsbaumes auf seine Menschen herab zu schauen. Aber irgendwie tat sich überhaupt nichts. Er lag nur da auf dem Tisch und wartete auf die Dinge, die kommen sollten. Ungeduld kam in ihm auf. Hatte man ihn vielleicht bei dem Trubel, der im Haus herrschte, vergessen.

Plötzlich hörte der Weihnachtsengel leise Stimmen. Es näherten sich ihm Personen und dann griff man nach ihm. Vorsichtig wurde er in einen anderen Raum getragen und da dann in die Höhe gehoben. Behutsam wurde er auf die Spitze des funkelnden Weihnachtsbaumes gesetzt und schaute stolz auf das festlich geschmückte Zimmer.

In den nächsten Tagen begleitete der Weihnachtsengel die Familie durch die Feiertage. Er erlebte gemeinsame Stunden voller Liebe, Lachen und Besinnlichkeit. Jeden Abend funkelte er von der Spitze des Baumes und erinnerte seine Menschen daran, worum es in der Weihnachtszeit wirklich geht. Nämlich um Zusammenhalt, Nächstenliebe und Hoffnung.

Als die Feiertage vorbei waren und der Weihnachtsbaum abgeschmückt wurde, spürte der Engel eine leichte Traurigkeit. Musste er doch nun wieder in seine Schachtel. Doch er wusste, dass er im nächsten Jahr erneut auf die Spitze des Baumes gesetzt wurde, um über die Familie zu wachen und ihr Freude zu bringen.

Und so verging ein weiteres Jahr, und der Weihnachtsengel wurde abermals liebevoll aus seinem Behältnis genommen und auf die Spitze des Weihnachtsbaumes gesetzt. Diesmal strahlte er sogar noch heller als zuvor, denn er fühlte sich von der Liebe und Wertschätzung der Familie umgeben.

Doch eines Tages war etwas anders. Die Kinder waren älter geworden und hatten anscheinend nicht mehr so viel Interesse an ihm. Die Festtage vergingen wie im Flug, und der Engel spürte, dass die Stimmung in der Familie anders war als zuvor. Er fragte sich, ob er immer noch so wichtig für sie war wie früher.

Als der Weihnachtsbaum abgeschmückt wurde und der Engel wieder in seinen Kasten gelegt wurde, fühlte er eine tiefe Traurigkeit. So etwas hatte er noch nie empfunden. Er hatte Angst, nie wieder herausgenommen zu werden und in Vergessenheit zu geraten. Doch dann erinnerte er sich daran, was er all die Jahre erfahren hatte: Es war Zusammenhalt, Nächstenliebe und Hoffnung. Und er wusste, dass auch diese schwierige Zeit vorübergehen würde und dass er auch weiterhin ein Licht der Freude und Hoffnung sein wird, egal wie alt die Kinder wurden. Er würde immer zu ihnen gehören.

Und so wartete er geduldig in seiner Schachtel, bereit, im nächsten Jahr wieder auf die Spitze des Weihnachtsbaumes gesetzt zu werden und seine Aufgabe zu erfüllen. Nämlich die Menschen an die wahren Werte der Weihnachtszeit zu erinnern und ihre Herzen mit Freude zu erfüllen.

Ein ganz besonderes Weihnachtsgeschenk

Wie jeder weiß sind Weihnachtselfen überaus fleißig. Der Weihnachtsmann konnte sich nicht beklagen über seine tüchtigen Helfer. Nur Peter machte ihm Sorgen. All das, was einen Weihnachtselfen auszeichnet, wie gerne zu arbeiten, eifrig zu sein und alles dafür zu tun, damit die Geschenke in der Weihnachtsfabrik pünktlich hergestellt werden, fehlte ihm. Er hatte keinen Spaß an der Arbeit, blieb morgens lieber im Bett liegen und wenn er einmal ein Spielzeug fertig gestellt hatte, funktionierte es nicht. Nun hatte der Weihnachtsmann die Nase voll von seinem Gehilfen, denn schließlich musste er sich auf seine Elfen verlassen können. Also setzte er Peter ein Ultimatum.

„Wenn du dich jetzt nicht anstrengst und das tust, wofür ich dich eingestellt habe, schmeiße ich dich raus", sagte der Weihnachtsmann ernst. „Und ich werde überall verbreiten, dass dich die Kinder nicht interessieren, für die du die Geschenke herstellst. Und dass du schuld bist, wenn die Kinder zu Weihnachten unglücklich sind", fügte er noch hinzu. Damit hätte Peter nicht gerechnet und daran schuld zu sein, dass es keine glücklichen Kinderaugen gibt, wollte er auch nicht. Also flehte er den Weihnachtsmann um Verzeihung an und bat ihn um eine letzte Chance beweisen zu können, dass er sich auf ihn verlassen kann.

Da kam dem Weihnachtsmann eine Idee. Er zeigte Peter den Wunschzettel eines kleinen Mädchens, das sich von ganzem Herzen eine Puppe zum Spielen wünschte. Da ihre Familie sehr arm war, hatte sie kein Spielzeug und deshalb erhoffte sie sich nun vom Weihnachtsmann dieses Geschenk. Irgendwie berührte Peter die Geschichte und er wollte, dass die Kleine zu Weihnachten glücklich war.

„Das ist deine letzte Chance. Bekommst du diese Puppe nicht hin, wird dieses Mädchen zu Weihnachten nichts bekommen und sehr sehr traurig sein. Willst du, dass sie am Weihnachtsabend enttäuscht wird oder glaubt, wir hätten sie vergessen. Ich möchte ihre traurigen Kinderaugen nicht sehen."

Peter gingen die Worte sehr nahe. „Weihnachtsmann, glaub mir, du kannst dich auf mich verlassen. Ich werde die schönste Puppe machen, die du je gesehen hast", sagte er überzeugend.

„Denk daran, du hast nur noch einen Tag, dann muss sie fertig sein. Und ich verlange, dass sie wunderschön wird, damit sie immer an dieses Weihnachtsfest zurückdenkt."

Er hatte noch nicht richtig ausgesprochen, da lief Peter schon in Richtung Werkstatt und machte sich ans Werk und als die anderen Elfen ihre Arbeit niederlegten, war Peter immer noch fleißig. Sie wunderten sich sehr über ihn. So kannten sie ihn nicht, waren aber froh darüber, dass er nun endlich das tat, wofür ein Weihnachtself da war. Und so wie es aussah, hatte er richtig Freude an dem, was er tat.

Kurz bevor der Weihnachtsmann am nächsten Tag losfliegen wollte, um die Geschenke zu verteilen, kam Peter völlig außer Atem zu ihm gerannt. „Fertig!", sagte er. „Ich habe es geschafft. Schau nur, wie schön sie geworden ist. Ich habe extra ein besonders hübsches Puppenkleid entworfen, und schau, sie kann sogar ihre Augen auf und zu machen. Und das Haar habe ich so hergestellt, dass man es kämmen kann, ohne dass Haare dabei verloren gehen."

Der Weihnachtsmann schaute sich die Puppe mit kritischen Augen an, aber er konnte keine Fehler erkennen. „Gut gemacht, Peter", lobte er den Elf. „Ich bin richtig stolz auf dich. Sie wird sich bestimmt sehr über dieses Geschenk freuen, und du hast damit dafür gesorgt, dass sie an diesem besonderen Tag sehr glücklich sein wird."

Stolz schaute Peter den Weihnachtsmann an und nickte.

„Was ist los, Peter? Irgendetwas liegt dir doch noch auf dem Herzen. Das sehe ich an deiner Nasenspitze. Rück schon raus mit der Sprache."

„Ich würde so gerne dieses Mädchen sehen. Darf ich die Geschenke mit ausliefern?"

Verwundert schaute der Weihnachtsmann seinen Elf an. „Gut, ausnahmsweise nehme ich dich mit." Peter strahlte und hüpfte vor lauter Freude von einem Bein auf das andere und konnte es gar nicht abwarten, bis es losging.

Als sie dann endlich an dem Haus ankamen und die Geschenke unter den Weihnachtsbaum gelegt hatten, warf

Peter einen Blick in das Zimmer der Kleinen. Sie schlief tief und fest, aber er war von ihrem Anblick so verzaubert, dass er auf dem ganzen Rückflug nur an sie denken konnte.

Einige Wochen nach Weihnachten kam der Weihnachtsmann mit einem Brief zu Peter. Verwundert schaute dieser ihn an. „Ich denke, das solltest du lesen", sagte er zu ihm und reichte ihm das Schreiben.

Peter schaute auf die Nachricht, und als er sie durchgelesen hatte, standen ihm die Tränen in den Augen. Das kleine Mädchen hatte dem Weihnachtsmann geschrieben und sich für die schöne Puppe bedankt. Besonders die Worte: „So ein schönes Weihnachten hatte ich noch nie", freuten Peter sehr. Er konnte sehen, dass etwas auf das Papier getropft war und er vermutete, dass sie geweint hatte, als sie diese Zeilen schrieb. Und je öfter er es las, stiegen auch ihm Tränen in die Augen.

Der Weihnachtsmann legte ihm die Hand auf die Schulter und sagte: „Nun weißt du hoffentlich, wie wichtig es ist, den Kindern ein schönes Fest zu bereiten. Die Kleine wird dieses Weihnachten so schnell nicht vergessen, und dank dir war sie so glücklich wie schon lange nicht mehr. Denke immer daran, dass die Kinder ohne uns zu Weihnachten traurig sind und weinen - und das darf nicht sein."

Peter schaute den Weihnachtsmann an und anhand seines Blickes wusste dieser, dass er sich in Zukunft auf ihn verlassen kann.

Eine Zeit der Liebe, des Gebens und des Miteinanders

Der kleine Engel war traurig, als er vom Himmel herabsah und feststellte, dass es den meisten Menschen zu Weihnachten nur um Geschenke ging. Das Wesentliche und das, was wirklich wichtig war, hatten sie vergessen. Und dass größtenteils nur noch Neid und Missgunst herrschte. Was war nur passiert, dass sich alles so verändert hat? Wo war die gute alte Zeit geblieben, wo die Menschen noch an andere dachten und nicht nur an sich?

Er beschloss, etwas zu unternehmen, um die Menschen wieder an das wahre Wesen von Weihnachten zu erinnern. Er erschien einer alten Frau, die allein und einsam in ihrer kleinen Wohnung saß. Er flüsterte ihr leise die Worte ins Ohr, die einst Martin Luther King sagte: Es gibt keine größere Kraft als die Liebe. Sie überwindet den Hass wie das Licht die Finsternis und dass es an der Zeit sei, wieder Liebe und Mitgefühl zu zeigen, anstatt nach materiellen Dingen zu streben.

Die Frau spürte augenblicklich eine warme Welle der Dankbarkeit und Zufriedenheit in sich aufsteigen und war voller Tatendrang. Sie beschloss, an diesem Weihnachtsfest etwas Gutes zu tun. Obwohl sie selbst nicht viel besaß, gab sie immer gerne. Sie begann, Essen für Obdachlose zu kochen und verteilte Decken an diejenigen, die frierend auf der Straße saßen. Und davon gab es schließlich genug.

Das rüttelte auch andere wach. Durch ihre Handlungen inspiriert, begannen auch weitere Menschen in der Stadt sich wieder auf das Wesentliche von Weihnachten zu besinnen und folgten ihrem guten Vorbild.

Der kleine Engel lächelte zufrieden, als er sah, wie sich langsam aber sicher ein Gefühl der Verbundenheit und Nächstenliebe über die Stadt ausbreitete. Sie hatten doch noch nicht ganz vergessen, auch mal an andere zu denken und nicht nur an den eigenen Vorteil. Durch seine unsichtbare Führung hatten die Menschen verstanden, dass wahre Freude und Glück darin liegen, anderen selbstlos zu helfen und füreinander da zu sein.

So wurde dieses Weihnachten wieder zu dem, was es eigentlich sein sollte: Eine Zeit der Liebe, des Gebens und des Miteinanders.

Der Wunschbaum

Tief im Wald lag ein kleines Dorf, das sehr weit von der nächsten Stadt entfernt war. Man war unter sich und darüber glücklich. Inmitten des Markplatzes stand ein Baum. Er war nicht der größte und prächtigste, aber er hatte eine besondere Gabe: Er konnte die Wünsche der Kinder hören.

Und so geschah es, dass jedes Jahr vor Weihnachten die Kinder zu ihm kamen, um ihm ihre Wünsche anzuvertrauen. Der Baum hörte zu und funkelte jedes Mal ein wenig heller, wenn ihm wieder ein neues Anliegen zugeflüstert wurde.

Aber dann war alles anders. Die Kinder kamen zwar auch wieder, aber diesmal berichteten sie nur von ihren Ängsten und Nöten. Sie hatten keine Wünsche mehr, nur noch Sorgen. Und die waren nicht gering.

Das Dorf hatte ein schweres Jahr hinter sich. Eine Krankheit hatte sich ausgebreitet, an der viele Menschen starben. Auch war die Ernte nicht so gut. Viele hatten nur noch das, was sie am Leib trugen. Den Familien war nichts mehr geblieben, um Weihnachten zu feiern.

Dies versetzte den Baum in große Traurigkeit. Er wollte helfen, also musste ein Wunder her, damit die Kinder auch an diesem Fest glücklich waren. Er sammelte all seine Kraft und leuchtete Heiligabend so hell, dass er die Aufmerksamkeit des vorbeifliegenden Weihnachtsmanns erregte.

Dieser wusste sofort, dass dort etwas nicht stimmte. Dass er gebraucht wurde. Kurzum landete er mit seinem Schlitten direkt neben dem Baum.

Dieser erzählte ihm von den Sorgen und Nöten der Kinder. Wie unglücklich sie waren. Welche Ängste sie hatten. Und dass sie nicht wussten, wie es weitergehen soll. Auch wenn es mehr die Sorgen der Erwachsenen waren, hatten sie bei den Kindern tiefe Spuren hinterlassen.

Der Weihnachtsmann nahm einen Zweig des Baumes und berührte ihn. So, als wenn er ihm Trost spenden wollte. Dann lächelte er ihn an, holte aus seinem Sack Geschenke und verteilte sie unter ihm.

Am nächsten Morgen staunten die Kinder nicht schlecht, als sie unter ihrem Baum eine Menge an kleinen Päckchen vorfanden. Sie lachten und tanzten ausgelassen um den Baum herum. Er hatte es tatsächlich geschafft, ein Wunder zu vollbringen. Keiner wusste wie, aber das war auch egal. Er hatte Weihnachten gerettet und den Kindern wieder Freude und Zuversicht geschenkt.

Der Brief an den Weihnachtsmann

Weihnachten war nicht mehr fern. Also nahm Anna Zettel und Stift zur Hand, um dem Weihnachtsmann einen Brief zu schreiben.

Aber wie fängt man an, schoss es ihr durch den Kopf. Sie hatte doch so viele Wünsche. Aber natürlich wollte sie nicht, dass der Weihnachtsmann glaubte, sie sei unverschämt. Was sollte sie also tun?

Das Mädchen kam zu dem Entschluss, sich auf die wichtigen Dinge zu konzentrieren. Sie schrieb dem Weihnachtsmann, dass sie sich vor allem Gesundheit für ihre Familie und Freunde wünscht.

Doch dann konnte sie es nicht lassen und fügte noch einen kleinen Wunsch hinzu. Sie träumte schon lange von einem neuen Fahrrad, um damit die Umgebung zu erkunden. Es sollte rot sein und eine Gangschaltung haben, damit sie ohne Probleme die nahegelegenen Hügel erklimmen konnte. Aber immer wieder beteuerte sie, dass natürlich die Gesundheit ihrer Familie und Freunde wichtiger war.

Zu guter Letzt schrieb sie dem Weihnachtsmann noch, wenn das mit dem Fahrrad nicht klappte, würde sie sich auch über einen Sitzsack für ihr Kinderzimmer freuen. Einen in einer richtig flippigen Farbe, wo man sich so schön reinkuscheln kann.

Sorgfältig steckte sie den Brief in einen Umschlag und verzierte ihn mit selbstgemalten Bildern. Das Mädchen lag gut in der Zeit. Ihre Oma hatte ihr immer erzählt, dass die Post an den Weihnachtsmann bis zum 3. Advent angekommen sein muss. Sie legte ihn im Wohnzimmer auf die Fensterbank und stellte noch eine Schale mit Obst und selbstgebackenen Plätzchen hin. Vielleicht hatte der Weihnachtsmann ja Hunger, wenn er die Post abholte. Sie fühlte sich erleichtert und voller Vorfreude auf Weihnachten.

In den folgenden Tagen hoffte Anna, dass der Weihnachtsmann ihren Brief holen würde, aber nichts geschah. Doch dann war er einen Tag vor dem dritten Advent verschwunden. Voller Freude klatsche sie in die Hände. Und das Obst und die Kekse hatte er auch mitgenommen.

Bis zum Heiligen Abend war noch viel zu tun, und Anna half, wo sie nur konnte. Es wurden weitere Plätzchen gebacken, und auch der Weihnachtsbaum wurde gemeinsam geschmückt.

Die Tage vergingen, und endlich war Heiligabend. Anna konnte vor Aufregung kaum stillsitzen. Als die Familie nach dem Abendessen ins Wohnzimmer ging, traute Anna ihren Augen nicht. Standen da doch zwei große Geschenke. Waren die etwa für sie?

Eifrig packte sie aus. Und tatsächlich. Ein rotes Fahrrad und ein Sitzsack in hellgrüner Farbe mit bunten Sternen kamen zum Vorschein. Das Mädchen strahlte über das ganze Gesicht. Und auch wenn der Weihnachtsmann ihr die

Geschenke nicht persönlich gebracht hatte, war sie überglücklich. Wusste sie doch, er hatte an diesem Tag alle Hände voll zu tun, um den Menschen eine Freude zu bereiten.

Sie genoss die Zeit mit ihrer Familie. Und mit jedem Lächeln und jeder Umarmung wusste sie, dass das größte Geschenk die gemeinsame Zeit und die Liebe war, die sie teilten.

Aller Anfang ist schwer

Wie jedes Jahr brach in der Backstube des Weihnachtsmannes das Chaos aus. War doch so viel zu erledigen, Und die vielen Extrawünsche! Die Nerven lagen bei den Elfen blank.

Der Weihnachtsmann hatte ein Einsehen und rekrutierte weitere Elfen zum Helfen. Das Problem war allerdings, dass diese Elfen noch nie in der Backstube gearbeitet hatten. Gebäck mochten sie, so wie alle, aber wie man es herstellt wussten sie nicht.

Und damit nahm das Durcheinander seinen Lauf. Zucker wurde mit Salz verwechselt oder die Plätzchen zu lange im Ofen gelassen, sodass nur noch schwarze Briketts zum Vorschein kamen. Wie sollte es mit diesen Helfern nur gelingen, den Zeitplan zu erfüllen?

Der Weihnachtsmann stand vor einer schwierigen Aufgabe, aber er beschloss, die neuen Elfen nicht aufzugeben. Er glaubte an sie und nahm sich die Zeit, ihnen geduldig alles beizubringen, was sie wissen mussten. Er zeigte ihnen, wie man den Teig richtig mischt, wie lange die Plätzchen im Ofen bleiben mussten und welche Zutaten in welcher Menge verwendet werden müssen. Und natürlich erlaubte er auch, dass zwischendurch vom Teig genascht werden durfte.

Auch wenn alle auf eine harte Probe gestellt wurden, mit viel Geduld und Unterstützung von den erfahrenen Elfen gelang es den neuen Mitarbeitern schließlich, sich in der Backstube zurechtzufinden. Das Gute war, sie lernten schnell dazu, und ihre Plätzchen wurden immer besser. Das Durcheinander wurde nach und nach eingedämmt und die Atmosphäre in der Backstube wieder entspannter.

Am Ende konnten alle Elfen stolz auf ihre Arbeit sein. Sie hatten es gemeinsam geschafft, alle Extrawünsche zu erfüllen. Der Weihnachtsmann war sehr zufrieden mit ihnen und bedankte sich bei jedem einzelnen für ihren Einsatz und ihre harte Arbeit. Es war zwar anstrengend und turbulent, aber am Ende hatten sie es gemeinsam geschafft, und alle freuten sich auf ein besinnliches Weihnachtsfest.

Teamarbeit und Zusammenhalt

Immer mehr Briefe kamen beim Weihnachtsmann an. Die Wünsche der Kinder wurden immer größer, ausgefallener und zahlreicher. Wie sollten seine Elfen das nur alles schaffen? Auch wenn es jedes Jahr das Gleiche war, machte er sich trotzdem immer wieder Sorgen, ob er alle Bitten erfüllen konnte.

Also rief der Weihnachtsmann eines Abends einige seiner eifrigsten Weihnachtselfen herbei, um mit ihnen einen Plan zu machen, damit alles pünktlich geschafft werden konnte. Sie setzten sich um einen großen Tisch und begannen, die Wunschlisten der Kinder zu sortieren. Doch je länger sie darüber nachdachten, desto klarer wurde ihnen, dass sie Hilfe brauchten. Das war unmöglich zu schaffen und vor allem auszuliefern. Doch plötzlich hatte einer der Elfen eine geniale Idee.

„Lasst uns doch die Rentiere um Hilfe bitten. Sie könnten uns dabei unterstützen, die Geschenke auf der ganzen Welt zu verteilen. Sie müssen dann halt mehrfach fliegen, aber das schaffen sie schon", schlug ein Elf vor.

„Das ist jetzt nicht dein Ernst. Die meckern doch sowieso schon immer, dass es so anstrengend ist. Und dann noch Extraschichten. Da werden sie nicht begeistert sein", gab ein weiterer Elf kopfschüttelnd von sich. Und schon redeten alle durcheinander.

Doch zur großen Überraschung aller waren die Rentiere Feuer und Flamme von dieser Idee. Kurzerhand wurde eine Rentierkonferenz einberufen. Sie boten sich an, zusätzliche Schichten zu fliegen, um sicherzustellen, dass jedes Geschenk auch wirklich rechtzeitig ankam. Der Weihnachtsmann war überglücklich und stolz auf seine fliegenden Gehilfen.

Die neue Zusammenarbeit klappte prima, und die Elfen konnten beruhigt schlafen gehen, denn dieses Weihnachten würde dank der fliegenden Kollegen sicherlich das beste und erfolgreichste aller Zeiten werden.

Die Rentiere trainierten emsig. Wollten sie doch nicht, dass ihretwegen etwas schief lief. Sie legten jeden Tag lange Strecken durch den verschneiten Wald zurück und übten das Fliegen bis spät in die Nacht. Ihre Entschlossenheit war nicht zu bremsen.

Dann kam Heiligabend. Alle waren bereit und wussten, um was es geht. Die Rentiere standen voller Vorfreude und mit breit geschwollener Brust vor dem Schlitten, beladen mit unzähligen Geschenken und strotzten nur so von Tatendrang. Die Elfen winkten ihnen fröhlich zu, bevor der Schlitten abhob und in den Nachthimmel stieg.

Die Rentiere flogen schnell und sicher durch die Luft. Sie wurden nicht müde, obwohl sie mehrfach zurück mussten, um den Schlitten erneut beladen zu lassen. Waren es doch so viele Geschenke, die ausgeliefert werden mussten! Aber da alle Hand in Hand arbeiteten, lief alles wie am Schnürchen.

Als sie endlich von ihrem letzten Flug am Nordpol ankamen, wurden sie von den Elfen und allen anderen Bewohnern begeistert empfangen. Es gab Applaus über Applaus. Die Begeisterung und Freude nahmen kein Ende. Die Rentiere strahlten vor Stolz, weil wirklich alles geschafft war. Der Weihnachtsmann lachte glücklich und zufrieden und dankte ihnen für ihre unglaubliche und unermüdliche Unterstützung und ihr Engagement.

Und so endete dieses Weihnachten, an das alle noch lange voller Freude zurückdachten. Hatte es doch gezeigt, dass Teamarbeit und Zusammenhalt die besten Zutaten sind, wenn man etwas erreichen will.

Caro und Elbo

Der Wald war von einer dicken Schneeschicht bedeckt. In diesem Wald in einer alten Eiche lebte Caro das Eichhörnchen.

Ein Tag vor Heiligabend traf sie auf einen Kobold. Er war klein, sogar sehr klein und hatte einen dicken Bauch und trug einen Wollmantel. Caro bemerkte, dass er traurig aussah.

Als er das Eichhörnchen sah, lächelte er und sagte: „Frohe Weihnachten meine Kleine."

„Wer bist du denn?", wollte sie wissen.

„Mein Name ist Elbo."

„Ich bin Caro. Du bist der erste Kobold, den ich persönlich treffe. Ich kenne euch nur aus Erzählungen. Warum siehst du so traurig aus und irrst hier allein im Wald herum?"

Elbo seufzte. „Die anderen Kobolde sind zu beschäftigt mit ihren Streichen und Schabernack. Da habe ich keine Lust zu. Ich bin es so leid, ständig andere zu ärgern. Ich sehne mich nach Ruhe und einem Freund, mit dem ich Weihnachten feiern kann. Außerdem wollen sie mich sowieso nicht bei sich haben. Ich bin, wie du siehst zwergwüchsig. Ich bin anders als sie, und deshalb grenzen sie mich aus."

„Du scheinst doch ein netter Kerl zu sein. Aussehen ist doch unwichtig. Komm erst einmal mit zu mir", sagte Caro.

„Hast du überhaupt genug Platz für zwei?"

„Aber sicher. Du musst zwar etwas klettern und deinen Bauch einziehen, aber es wird schon gehen. Meine Höhle ist sehr groß. Und du weißt doch, wenn man will, klappt alles." Und so machten sich die zwei zu Caros gemütlichem Zuhause auf.

Dort angekommen wurde es sich direkt bequem gemacht.

„Was hältst du davon, wenn ich dir etwas über Kobolde und unsere Traditionen erzähle?"

„Oh ja!" Und schon berichtete Elbo von den alten Koboldbräuchen. Das Eichhörnchen lauschte gebannt.

Als sie am nächsten Tag aufwachten, schneite es sehr heftig. „Weißt du", sagte Caro, „Weihnachten geht es nicht nur um Geschenke und Süßigkeiten. Es geht darum, Liebe und Freundschaft zu teilen."

Elbo nickte. „Du hast recht. Ich bin dankbar, dass ich dich gefunden habe. Endlich bin ich nicht mehr allein."

„Stimmt und diesmal war deine Größe sogar von Vorteil. Sonst hätten wir hier nie zusammen reingepasst", gab Caro schmunzelnd von sich, und Elbo konnte gar nicht anders, als ebenfalls zu grinsen.

Und so feierten Caro und Elbo Weihnachten zusammen. Sie teilten die Plätzchen, die der Kobold noch in der Hosentasche hatte, sangen gemeinsam Lieder und lachten. Es war ein besonderes Fest, das sie nie vergessen würden. Und auch wenn sie nicht viel hatten, wichtig war nur, dass keiner allein an diesem besonderen Tag war.

Leckere Versuchungen

Süße Leckereien sind zur Advents- und Weihnachtszeit ein absolutes Muss. Und selbst gemacht schmeckt es sowie immer besser.

Zimt-Haselnussplätzchen

Zutaten:

- 1 Eiweiß
- 125 g Puderzucker
- 11 Päckchen Bourbon Vanillezucker
- 300 g gemahlene Haselnüsse
- 160 g ganze Haselnüsse
- 1 TL Zimt

Zubereitung:

Eiweiß steif schlagen. Nach und nach Puderzucker und Vanillezucker einrieseln lassen und weiterschlagen. Nun Zimt und gemahlene Haselnüsse unterheben.

Masse zu walnussgroßen Kugeln formen und auf ein mit Backpapier ausgelegtes Backbleck geben. In die Mitte eine ganze Haselnuss drücken.

Im vorgeheizten Backofen bei 125 Grad etwa 25 - 30 Minuten backen.

Die Backzeit kann je nach Ofentyp etwas variieren.

Vor dem Verzehr richtig auskühlen lassen.

Marmeladennester

Zutaten für den Teig:
- 150 g Mehl
- 125 g Haferflocken
- 150 g Zucker
- 175 g Butter
- 1 Päckchen Vanillezucker
- 2 Eigelb
- ½ TL Weihnachtsgebäckmischung

Zutaten für den Belag:
- 250 g Marzipan Rohmasse
- 2 Eiweiß
- 500 g rote Marmelade

Zubereitung:
Mehl und Haferflocken vermengen. Dann die restlichen Zutaten für den Teig zufügen und alles zu einer glatten Masse verkneten.

Teig nicht zu dünn ausrollen, mit einer runden Form (etwa 4 cm Ø) Plätzchen ausstechen und diese auf ein mit Backpapier ausgelegtes Backblech legen.

Marzipan und Eiweiß verrühren, sodass eine geschmeidige Masse entsteht. Eventuell noch etwas Wasser zufügen, wenn die Konsistenz zu fest ist. Diese dann in einen Spritzbeutel füllen und als Kranz (Rand) auf die Plätzchen spritzen. Die Mitte nun mit Marmelade füllen.

Im vorgeheizten Backofen bei 180 Grad etwa 20 Minuten backen.

Die Backzeit kann je nach Ofentyp etwas variieren.

Vor dem Verzehr richtig auskühlen lassen.

Müsli-Zimt-Plätzchen

Zutaten:

- 300 g zuckerfreies Früchtemüsli
- 1 EL flüssiger Honig
- 2 Eier
- 100 g Zucker
- 1 Päckchen Vanillezucker
- 1 - 2 Prisen Salz
- 2 - 3 Prisen Zimt

Zubereitung:

Müsli in einer Pfanne ohne Zugabe von Fett etwas rösten. Die Pfanne vom Herd nehmen und das Müsli abkühlen lassen.

Eier, Zucker, Vanillezucker, Salz und Zimt schaumig rühren. Müsli unterheben.

Ein Backblech mit Backpapier auslegen. Mit einem Teelöffel kleine Häufchen vom Teig darauf verteilen und diese etwas platt drücken. Genügend Platz lassen, da die Plätzchen beim Backen noch etwas auseinander laufen.

Im vorgeheizten Backofen bei 175 Grad etwa 10 Minuten backen.

Die Backzeit kann je nach Ofentyp etwas variieren.

Vor dem Verzehr richtig auskühlen lassen.

Bananen-Spekulatius-Plätzchen

Zutaten:

- 1 sehr reife Banane
- 100 g Butter
- 230 g Mehl
- 1 TL Backpulver
- 1 Päckchen Vanillezucker
- ½ TL Spekulatiusgewürz

Zubereitung:

Banane pürieren. Butter, Backpulver, Spekulatiusgewürz, Mehl und Vanillezucker zufügen und alles zu einem geschmeidigen Teig verrühren.

Teig auf einer bemehlten Fläche dünn ausrollen und beliebige Plätzchen ausstechen. Diese auf ein mit Backpapier ausgelegtes Backblech legen. Im vorgeheizten Backofen bei 175 Grad etwa 15 Minuten backen.

Die Backzeit kann je nach Ofentyp etwas variieren.

Vor dem Verzehr richtig auskühlen lassen.

Butter-Zitronen Plätzchen

Zutaten:

- 250 g Butter
- 250 g Zucker
- 2 Eier
- 500 g Mehl
- ½ Päckchen Backpulver
- 1 - 2 Prisen Spekulatiusgewürz
- 100 g Puderzucker
- Saft einer Zitrone

Zubereitung:

Butter, Zucker und Eier verrühren. Mehl mit Backpulver vermischen und unterheben. Teig gut verkneten und für 1 Stunde zugedeckt ruhen lassen.

Teig auf einer bemehlten Fläche dünn ausrollen und beliebige Plätzchen ausstechen. Diese auf ein mit Backpapier ausgelegtes Backblech legen. Im vorgeheizten Backofen bei 200 Grad etwa 10 Minuten backen.

Nach der Backzeit sind die Plätzchen noch etwas weich, aber beim Abkühlen werden sie dann hart.

Die Backzeit kann je nach Ofentyp etwas variieren.

Puderzucker und Zitronensaft verrühren und die abgekühlten Plätzchen damit bepinseln.

Vanille-Plätzchen

Zutaten:

- 250 g Butter
- 100 g Puderzucker
- 1 Päckchen Bourbon Vanillezucker
- 250 g Mehl
- 100 g Vanillepuddingpulver

Zubereitung:

Butter, Puderzucker und Vanillezucker verrühren. Nun Mehl und Puddingpulver unterrühren.

Aus dem Teig Kugeln formen. Diese auf ein mit Backpapier ausgelegtes Backblech legen. Mit der Gabel flach drücken, dass ein Muster entsteht. Im vorgeheizten Backofen bei 200 Grad etwa 10 - 12 Minuten backen.

Die Backzeit kann je nach Ofentyp etwas variieren.

Vor dem Verzehr richtig auskühlen lassen.

Schoko-Zimt-Würfel

Zutaten:

- 250 g Margarine
- 250 g Zucker
- 250 g geriebene Schokolade
- 250 g gemahlene Haselnüsse
- 100 g Mehl
- 6 Ei
- 1 - 2 Prisen Zimt
- 1 Päckchen Schokoglasur

Zubereitung:

Margarine und Zucker schaumig schlagen. Eier hinzufügen und gut vermengen. Mehl, Nüsse, Zimt sowie geriebene Schokolade unterheben und gut verrühren.

Teig auf ein mit Backpapier ausgelegtes Backblech streichen. Im vorgeheizten Backofen bei 180 Grad etwa 20 - 25 Minuten backen.

Die Backzeit kann je nach Ofentyp etwas variieren.

Nach dem Erkalten in kleine Quadrate schneiden. Schokoglasur nach Packungsangabe zubereiten und die Würfel damit bestreichen.

Vor dem Verzehr richtig trocknen lassen.

Fruchtmakronen

Zutaten:
- 2 Eiweiß
- 80 g brauner Zucker
- 1 Päckchen Vanillezucker
- 250 g gemahlene Mandeln
- 100 g Trockenobst
- Backoblaten

Zubereitung:
Trockenobst in kleine Stücke schneiden.

Eiweiß mit Vanillezucker steif schlagen. Nun vorsichtig Zucker, Mandeln und Trockenobst unterheben.

Backoblaten auf ein mit Backpapier ausgelegtes Backblech legen. Mit Hilfe eines Teelöffels kleine Teighäufchen darauf verteilen.

Im vorgeheizten Backofen bei 160 Grad etwa 15 Minuten backen.

Die Backzeit kann je nach Ofentyp etwas variieren.

Vor dem Verzehr richtig auskühlen lassen.

Apfel-Rosinen-Plätzchen

Zutaten:
- 1 kleiner Apfel
- 125 g Margarine
- 50 g Zucker
- 200 g Weizenmehl
- 1 EL Rosinen
- 100 g Puderzucker
- ½ TL Spekulatiusgewürz

Zubereitung:
Apfel schälen, raspeln und mit Küchenpapier gut ausdrücken. Dann zusammen mit Margarine, Zucker, Mehl, Rosinen und Spekulatiusgewürz zu einem glatten Teig verkneten.

Ein Backblech mit Backpapier auslegen und mit einem Teelöffel kleine Häufchen vom Teig darauf verteilen. Diese dann platt drücken.

Im vorgeheizten Backofen bei 180 Grad etwa 20 Minuten backen.

Die Backzeit kann je nach Ofentyp etwas variieren.

Vor dem Verzehr richtig auskühlen lassen. Dann mit Puderzucker bestreuen.

Mandel-Plätzchen

Zutaten:

- 300 g gemahlene Mandeln
- 250 g Zucker
- 200 g dunkle Schokolade
- 3 Eiweiß
- 2 EL Kirschwasser
- 1 Prise Nelkenpulver
- 1 TL Zimt

Zubereitung:

Schokolade raspeln. Dann mit Mandeln, Zucker, Nelkenpulver und Zimt vermengen.

Eiweiß mit Kirschwasser steif schlagen und unter die Mandelmasse heben, sodass ein fester Teig entsteht. Diesen 30 Minuten kalt stellen.

Teig auf einer bemehlten Fläche dünn ausrollen, beliebige Plätzchen ausstechen und auf ein mit Backpapier ausgelegtes Backblech legen.

Im vorgeheizten Backofen bei 150 Grad etwa 10 Minuten backen.

Die Backzeit kann je nach Ofentyp etwas variieren.

Vor dem Verzehr richtig auskühlen lassen.

Glühwein-Schnitten

Zutaten:
- 125 g Margarine
- 50 g brauner Zucker
- 1 Päckchen Vanillezucker
- 2 Eier
- 125 g Mehl
- 1 TL Backpulver
- 1 Päckchen Glühweingewürz
- 75 g Zartbitterschokolade
- 125 g Puderzucker
- 40 g gehackte Mandeln
- 3 EL Wasser

Zubereitung:
Margarine, Zucker, Vanillezucker, Glühweingewürz und Eier schaumig rühren. Mehl und Backpulver mischen und unterheben.

Zartbitterschokolade in kleine Stücke hacken und unter den Teig heben.

Teig auf ein mit Backpapier ausgelegtes Backblech streichen. Im vorgeheizten Backofen bei 180 Grad etwa 20 Minuten backen.

Die Backzeit kann je nach Ofentyp etwas variieren.

Auf dem Blech abkühlen lassen. Dann Puderzucker mit Wasser verrühren und das Gebäck damit bestreichen.

Mandeln darüber streuen und trocknen lassen. Danach in 3 x 4 cm große Schnitten schneiden.

Kardamom-Plätzchen

Zutaten:

- 240 g Weizenmehl
- 120 g Zucker
- 1 Päckchen Vanillezucker
- 2 TL Kardamom
- 200 g Butter
- 1 Ei
- 200 g Puderzucker

Zubereitung:

Alle Zutaten (außer Puderzucker) zu einem gleichmäßigen Teig verrühren. Diesen für eine Stunde kalt stellen.

Teig auf einer bemehlten Fläche dünn ausrollen, beliebige Plätzchen ausstechen und auf ein mit Backpapier ausgelegtes Backblech legen.

Im vorgeheizten Backofen bei 175 Grad etwa 10 Minuten backen.

Die Backzeit kann je nach Ofentyp etwas variieren.

Vor dem Verzehr richtig auskühlen lassen und dann mit Puderzucker bestreuen.

Kakaokugeln

Zutaten:
- 100 g Butter
- 100 g Zucker
- 1 Päckchen Vanillezucker
- 3 EL Backkakao
- 150 g Haferflocken
- 200 g Kokosraspeln

Zubereitung:
Alle Zutaten (außer Kokosraspeln) miteinander vermengen und zu einem glatten Teig verkneten.

Aus der Masse kleine Kugeln formen und diese in den Kokosraspeln wälzen.

Bis zum Verzehr im Kühlschrank aufbewahren.

Bratapfel

Zutaten:

- 4 Äpfel
- 125 g gehackte Nüsse
- 50 g Butter
- 10 g Ingwer
- 1 EL Rosinen
- 50 g flüssiger Honig
- 120 ml Wasser
- 1 TL Zimt
- 100 g Puderzucker

Zubereitung:

Äpfel waschen, trocken reiben und oben einen Deckel abschneiden. Dann das Kerngehäuse mit einem Kugelausstecher entfernen. Dabei rundum einen etwa 5 mm breiten Rand lassen.

Ingwer schälen und fein reiben. Nun mit den Nüssen, Honig, Butter, Rosinen und Zimt vermengen. Masse in die Äpfel füllen.

Äpfel in eine Auflaufform setzen.

Wasser in eine Auflaufform gießen und die Äpfel hineinsetzen.

Im vorgeheizten Backofen bei 180 Grad etwa 35 Minuten backen.

Die Backzeit kann je nach Ofentyp etwas variieren.

Äpfel auf Teller geben und mit Puderzucker bestäuben.

Weihnachtliche Pflaumenmarmelade

Zutaten:
- 2 kg Pflaumen
- Saft von 2 Limetten
- 1 kg Gelierzucker 2:1
- ½ TL Lebkuchengewürz
- ½ TL Zimt

Zubereitung:
Pflaumen waschen, halbieren und die Kerne entfernen. Dann in einer Küchenmaschine pürieren.

Die Fruchtmasse in einen hohen Topf geben und Gelierzucker, Limettensaft, Lebkuchengewürz sowie Zimt zufügen. Zum Kochen bringen und ab dem Siedepunkt unter ständigem Rühren 4 - 5 Minuten sprudelnd kochen lassen.

Topf von der Kochstelle nehmen. Heiße Marmelade in saubere Gläser füllen, verschließen und diese dann direkt auf den Kopf stellen. Bis zum Verzehr die Gläser auf dem Kopf stehen lassen.

Weihnachtliche Beerenmarmelade

Zutaten:
- 1 ½ kg gemischte Beeren (TK)
- ½ kg säuerliche Äpfel
- 1 kg Gelierzucker 2:1
- 2 TL Zitronensaft
- 1 TL Zimt

Zubereitung:
TK Beeren auftauen.

Äpfel schälen, entkernen und in Würfel schneiden. Dann zusammen mit den Beeren in einer Küchenmaschine pürieren.

Die Fruchtmasse in einen hohen Topf geben und Gelierzucker, Zitronensaft sowie Zimt zufügen. Zum Kochen bringen und ab dem Siedepunkt unter ständigem Rühren 4 - 5 Minuten sprudelnd kochen lassen.

Topf von der Kochstelle nehmen. Heiße Marmelade in saubere Gläser füllen, verschließen und diese dann direkt auf den Kopf stellen. Bis zum Verzehr die Gläser auf dem Kopf stehen lassen.

Buchtipps

Kobold Nepomuck und Mäuserich Finn möchten Dir das Warten auf Weihnachten verkürzen.
Deshalb haben sie extra Geschichten und Reime geschrieben.
Natürlich gibt es auch Rezepte für Kekse und Plätzchen, denn was wäre die Weihnachtszeit ohne köstliche Leckereien.
Und wer die zwei kennt, weiß, dass sie auch noch die eine oder andere Überraschung für Dich parat haben.

Taschenbuch: 84 Seiten
ISBN-10: 744890147
ISBN-13: 978-3744890144
Auch als E-Book erhältlich!

Leseprobe: Eine Maus unterm Weihnachtsbaum

Mäuserich Finn ist viel herumgekommen. Einmal lebte er in einem großen Garten. Dort gab es viele Blumen, Bäume und Büsche, und sogar ein Erdbeerbeet war vorhanden, wo er sich im Sommer nach Herzenslust bedienen konnte. Seine Wohnung befand sich direkt unter einem Busch in der Nähe dieser köstlichen Früchte. Im Sommer spendete er ihm Schatten. Wenn es regnete, hielt er das kühle Nass von oben ab, also genau der richtige Platz. Der Eingang seiner Wohnung war ein winziges Loch in der Erde. Darunter gab es eine Mulde, in der er lebte. Es gab sogar einen Notausgang für den Fall der Fälle, sollte mal Gefahr drohen. Am Ende des Gartens stand ein Haus, in dem eine Familie mit ihrem Kater lebte, und man glaubt es kaum, der Kater war sein Freund. Er hieß Carlo und war zu faul und alt, um zu jagen. Deshalb ließ er ihn in Ruhe. Die Menschen hatten auch kein Problem mit ihm, solange er dem Haus fern blieb. Wenn sie ihn im Garten sahen, ignorierten sie ihn. Das Kind legte ihm sogar manchmal, wenn die Eltern es nicht merkten, etwas Brot oder einige Kekse an seinen Eingang. Also arrangierten sie sich, und das Zusammenleben klappte sehr gut. Wäre da nicht Finns Neugierde gewesen, die ihm eines Tages mal wieder im Wege stand.

Die Tage wurden länger, und es wurde kälter. Der Winter stand vor der Tür. Finn beobachtete aus sicherer Entfernung, dass im Haus reges Treiben herrschte. Auch der Garten hatte sich verändert. Überall waren an den Büschen kleine Lämpchen befestigt. Es sah schön aus, und er hatte Licht, wenn er seinen Abendspaziergang machte. Aber im Haus schien es nicht mit rechten Dingen zuzugehen. Es war viel mehr Trubel als sonst. Also schlich er eines Nachmittags dorthin. Er wollte gerade zur Terrassentür laufen, um von dort ins Innere zu schauen, als diese aufging und der Vater der Familie, gefolgt von Carlo, herauskam. Schnell huschte Finn hinter einen Busch.

„Psst Carlo. Ich bin es, Finn. Gleich hinter dem Busch. Komm bitte mal", rief er.

„Junge, was machst du denn so nah am Haus? Meinst du, das ist eine gute Idee?"

„Nein, aber ich muss doch wissen, was passiert. Es ist alles anders als sonst. Schließlich wohne ich auch hier. Naja zumindest ganz in der Nähe", antwortete er spitzbübisch.

„Das ist wegen des Weihnachtsfestes. Da ist viel zu erledigen, damit es schön wird. Ich glaube nicht, dass es gut ist, wenn man dich entdeckt."

„Weihnachten? Was ist das? Was machen die da?"

„Weihnachten ist für viele Menschen ein besonderes Fest, an dem die ganze Familie zusammenkommt. Damit wird die Geburt von Jesus Christus gefeiert. Es gibt viele Bräuche. Einer davon ist, dass ein Baum aufgestellt wird. Sicher hast du mitbekommen, dass der Herr des Hauses gestern im Garten eine Tanne gefällt und diese ins Haus gebracht hat", sagte Carlo altklug.

„Ja, das habe ich gesehen und mich gewundert, warum er das macht."

„Dieser Baum wird schön geschmückt, dann werden Geschenke darunter gelegt. Die Familie singt Weihnachtslieder, und es gibt immer ein Festessen mit richtig v i e l e n leckeren Sachen. Sogar ich bekomme immer etwas Besonderes an diesem Tag. Nach dem Essen darf die Kleine die Geschenke auspacken, und meist liest die Mutter noch eine Geschichte aus einem dicken Buch vor."

Finn schaute Carlo mit großen Augen an. „ESSEN sagst du?! Meinst du, für mich wäre auch was da?"

„Mit Sicherheit, aber ich glaube, die Menschen werden nicht begeistert sein, wenn du im Haus bist. Du weißt, draußen stören sie sich nicht an dir, aber drinnen sieht das anders aus. Nicht, dass hinterher noch einer von mir verlangt, dich zu jagen. Dafür bin ich echt schon zu alt."

„Bitte, bitte, ich möchte nur einmal einen kleinen Blick riskieren. Ich passe auch auf, dass ich nicht entdeckt werde", bettelte Finn. „Versprochen."

„Also gut. Komm heute Abend wieder vorbei. Ich mache dann ja immer eine kleine Abschlussrunde durch den Garten. In der Zeit bleibt die Terrassentür einen Spalt weit offen. Da kannst du kurz reinhuschen und dir alles anschauen, aber bitte pass auf, dass dich wirklich keiner entdeckt. Denn sonst wird das kein schönes Fest, sondern ein Chaos. Ist das klar?"

„Ja sicher. Bis heute Abend." Und schon huschte Finn zurück in seinen Bau.

Pünktlich zum verabredeten Termin hockte der Mäuserich hinter dem Busch an der Terrassentür und wartete auf die Dinge, die da kommen sollen. Seine Geduld wurde nicht lange auf die Folter gespannt. Die Tür ging auf, und Carlo spazierte heraus.

„Los, schnell rein!", rief der Kater ihm beim Vorbeigehen zu. Und das ließ Finn sich nicht zweimal sagen. Flink huschte er hinein. Er musste sich erst einmal orientieren, entdeckte dann aber einen Sessel, hinter dem er sich verstecken konnte und trotzdem alles im Blick hatte.

Carlo hatte nicht zu viel versprochen. Der Baum war riesig und wunderschön geschmückt. Finn konnte seine Augen nicht von ihm lassen. Doch dann erblickte er etwas, was noch viel schöner war. Neben dem Baum stand ein Teller, und darauf lagen Kekse. Er traute seinen Augen nicht. Das waren wirklich Kekse - und so eine Menge. Finn vergaß alles um sich herum, auch die warnenden Worte von Carlo. Für ihn zählte nur noch, wie er an die Leckereien heran kam.

Vorsichtig krabbelte er zum Teller, und zu seinem großen Glück war weit und breit kein Mensch zu sehen. Dieses Gebäck duftete so verführerisch. Er musste einfach davon probieren. Finn biss gerade in ein Plätzchen hinein, als er ein lautes Schreien vernahm. „Liebling, eine Maus! Hol sofort etwas, damit wir sie vertreiben können! Carlo, wo bist du? Nie bist du da, wenn man dich braucht!"

Aus dem Augenwinkel sah Finn ein rundes Etwas, das auf ihn zuflog. Plötzlich waren seine Sinne geschärft. Er machte einen kleinen Satz zur Seite, und das Wurfgeschoss verfehlte ihn nur um Zentimeter. Beim genauen Hinschauen erkannte er, dass es sich um eine Nuss handelte. Nun war aber wirklich keine Zeit mehr, sich darüber Gedanken zu machen. Wie ein geölter Blitz schoss er los, huschte durch die offene Tür und suchte erst einmal Schutz hinter dem nahegelegenen Busch. Sein Herz schlug wie verrückt. Erst jetzt merkte er, dass er den Keks immer noch im Schnäuzchen hatte. Als er sich beruhigte, flitzte er mit seiner Beute zurück in seinen Bau. Auf dem Weg dorthin traf er Carlo und erzählte ihm, was passiert war. Dieser schüttelte nur den Kopf und ging dann gemächlich zum Haus zurück, so, als wäre nichts passiert.

In seinem Bau machte Finn es sich sofort in seiner Mulde bequem. Den Keks legte er vor sich. Das ist also mein erstes Weihnachtsfest, ging es ihm durch den Kopf. Gar nicht mal so schlecht. „Na, dann Frohe Weihnachten, Finn!", schmunzelte er vergnügt und biss genüsslich in sein Festmahl.

Für viele Menschen ist die Weihnachtszeit die schönste Zeit des Jahres!
Überall leuchten die Weihnachtssterne, es riecht nach Früchten, Gewürzen, Zimt und Anis. Aber auch überfüllte Geschäfte und Eile bestimmen oft den Alltag, denn jeder möchte noch passende Geschenke für Familie oder Freunde finden.

Trotz allem bleibt aber immer noch Zeit, gemütliche und ruhige Abende zu verbringen. Und was gibt es da Schöneres, als einen hektischen Tag mit wunderbaren Weihnachtsgeschichten und Leckereien ausklingen zu lassen? Also gönnen Sie sich mit den Erzählungen „Weihnachtsgeschichten … und noch mehr" einfach mal ein paar ruhige und entspannte Stunden und genießen dabei die leckeren Versuchungen aus diesem Buch.

„Frohe Weihnachten" und einen guten Rutsch ins neue Jahr.

Taschenbuch: 60 Seiten
ISBN-10: 3738645535
ISBN-13: 978-3738645538
Auch als E-Book erhältlich!

Mandel-Rosinen-Plätzchen

Zutaten:

- 2 EL Aprikosenmarmelade
- 1 EL brauner Zucker
- 2 TL flüssige Sahne
- 1 TL Butter
- 100 g Mandelblättchen
- 50 g gehackte Mandeln
- 10 g kandierte Kirschen
- 20 g Rosinen
- Backoblaten

Zubereitung:

Aprikosenmarmelade, Zucker, Sahne und Butter vermengen und kurz aufkochen.

Kirschen klein schneiden, mit den Mandeln, Mandelblättchen und Rosinen mischen und zu der aufgekochten Masse geben. Diese etwas abkühlen lassen und dann mit zwei Löffeln auf die Backoblaten verteilen.

Plätzchen auf ein mit Backpapier ausgelegtes Backblech geben und im vorgeheizten Backofen bei 200 Grad etwa 10 Minuten backen. Vor dem Verzehr auskühlen lassen.

Die Backzeit kann je nach Ofentyp etwas variieren.

Anis-Orangen-Ecken

Zutaten:

- 2 Eier
- 1 Eiweiß
- 200 g Puderzucker
- 2 TL gemahlener Anis
- 50 g Zitronat
- 50 g gehackte Pistazien
- 2 EL Orangensaft
- 2 EL Zitronensaft
- 50 g Mehl
- 15 g Speisestärke

Zubereitung:

Zitronat fein schneiden.

Eier, Orangensaft, die Hälfte des Puderzuckers und Anis schaumig rühren. Mehl, Speisestärke, Zitronat und Pistazien untermischen.

Den Teig auf ein mit Backpapier ausgelegtes Backblech streichen. Im vorgeheizten Backofen bei 175 Grad etwa 15 - 20 Minuten backen.

In der Zwischenzeit Eiweiß mit Zitronensaft und dem restlichen Puderzucker steif schlagen. Den Teig nach dem Backen noch heiß damit bestreichen und fest werden lassen. Dann in Ecken schneiden.

Die Backzeit kann je nach Ofentyp etwas variieren.

Autorenprofil

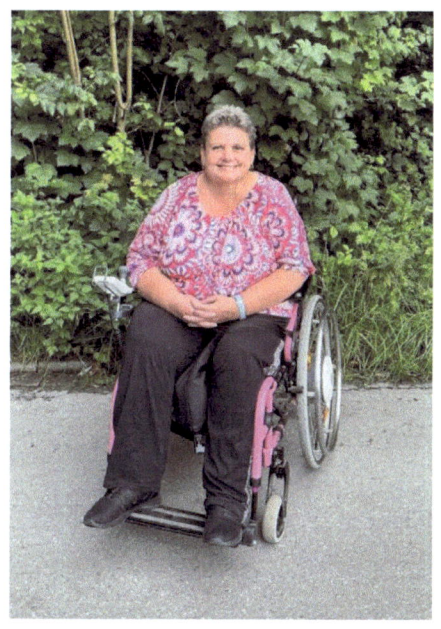

Britta Kummer wurde 1970 in Hagen (NRW) geboren. Heute lebt sie im schönen Ennepetal und ist gelernte Versicherungskauffrau.

Die Freude am Schreiben hat sie im Jahre 2007 entdeckt und seit dieser Zeit bestimmt es ihr Leben.

Sie schreibt Kinder-, Jugend- und Kochbücher. Zusätzlich gibt es auch zwei Bücher zum Thema MS. Diese sind aber keine Fachbücher über die Krankheit MS (Multiple Sklerose), sondern die MS-Geschichte der Autorin.

Weitere Informationen finden Sie unter:
http://brittasbuecher.jimdofree.com/

Danke

Der größte Dank geht an meine Eltern, weil sie immer für mich der Fels in der Brandung sind und mir helfen, all meine Höhen und Tiefen zu überwinden.

An meine Freunde, die immer da sind, wenn ich mal eine starke Schulter zum Anlehnen, zum Zuhören, zum Trösten, zum Weinen, aber auch zum Lachen, brauche.

An meine Autorenfreunde
Heidi Dahlsen
http://autorin-heidi-dahlsen.jimdofree.com/

Christine Erdiç
http://christineerdic.jimdofree.com/
https://literatur-reisetipps.blogspot.de/

für ihre kreative Unterstützung, unermüdliche Hilfe
und dass sie mir immer mit Rat und Tat zur Seite stehen.